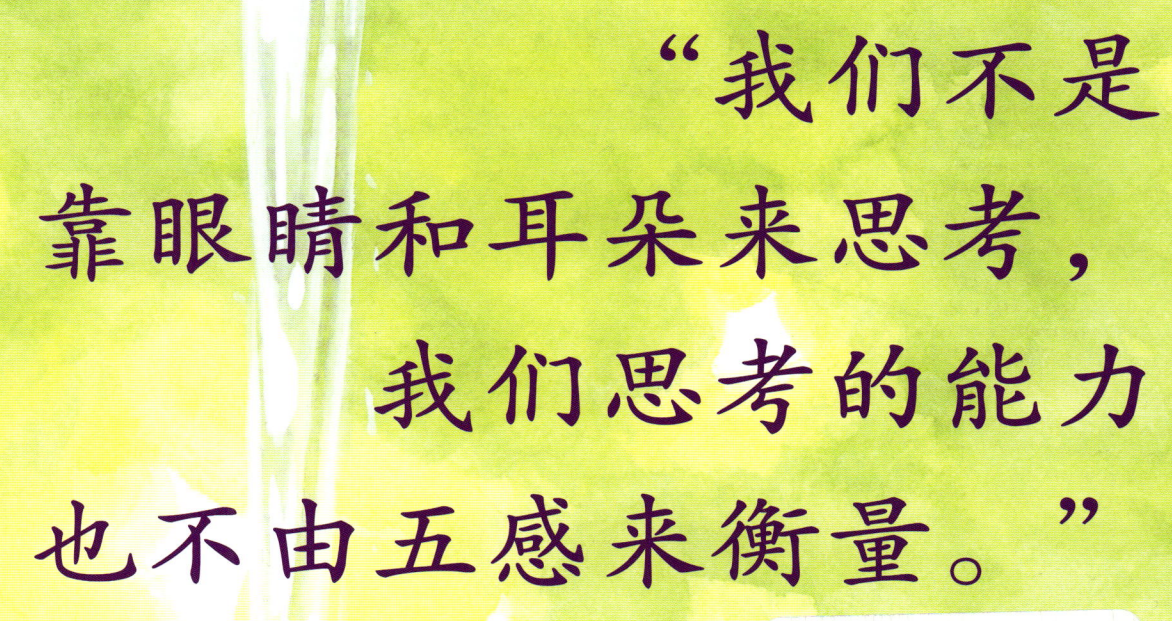

"我们不是靠眼睛和耳朵来思考，我们思考的能力也不由五感来衡量。"

海伦的

大世界

海伦·凯勒的一生

文：〔美〕多琳·拉帕波特
图：〔美〕马特·塔瓦雷斯
翻译：徐德荣

北京联合出版公司
Beijing United Publishing Co.,Ltd.

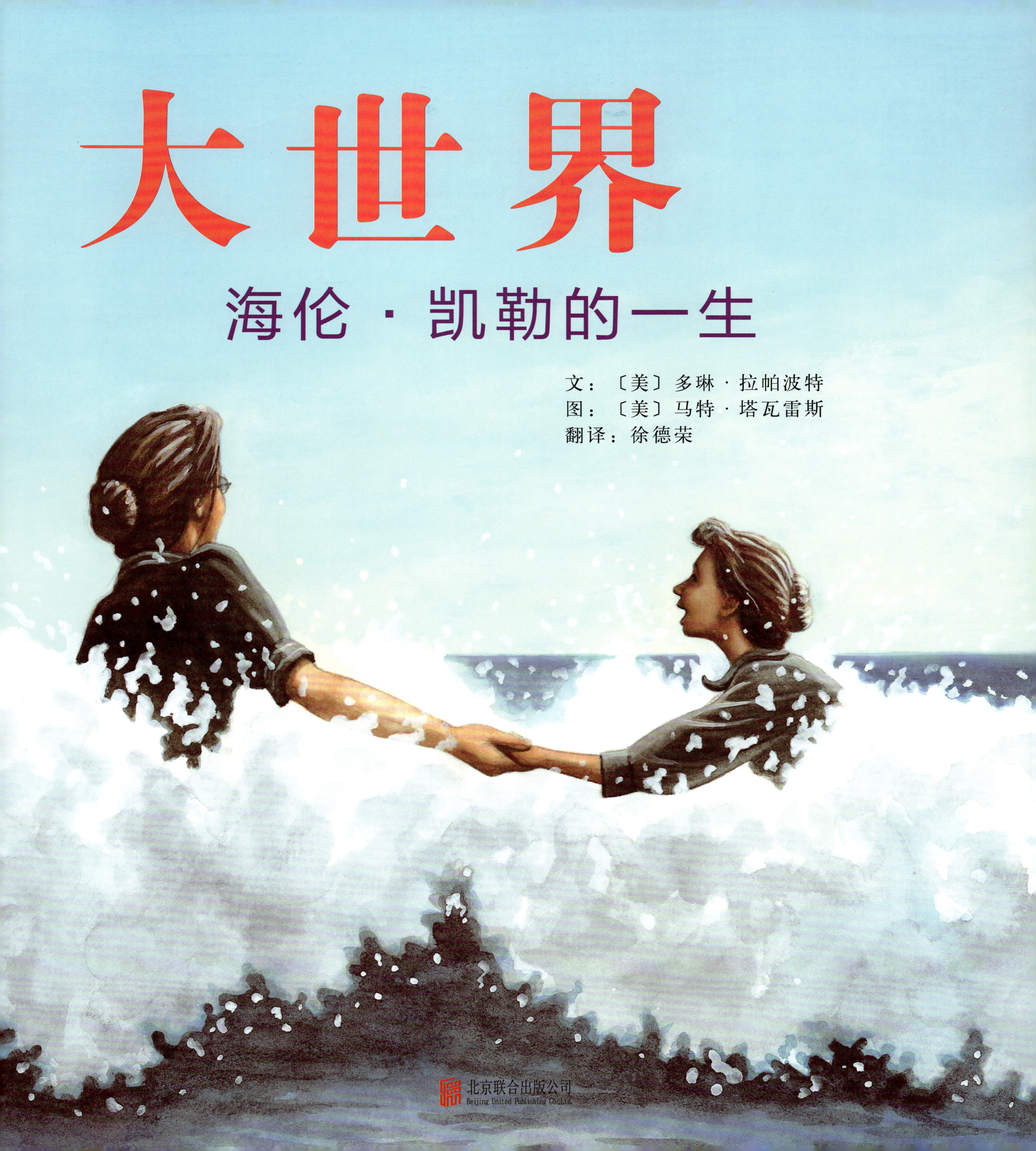

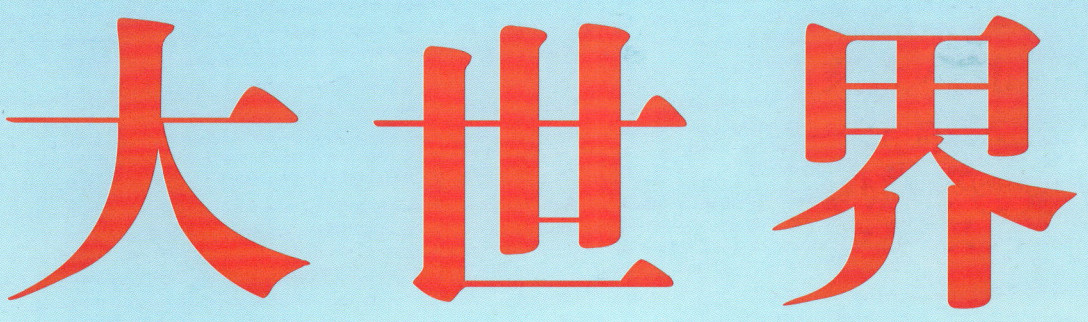

婴儿床里的海伦咯咯笑个不停。
六个月大的时候，她会爬了，
能说"好——哦"，
会说"喔喔"来要水喝。
一岁的时候，
她会跑着去追一束阳光。
她爱知更鸟的歌唱
和藤蔓蔷薇的芬芳。
但她最喜欢的是
爸爸抱她在腿上，
妈妈搂她在怀里。

"我的生活
一开始很简单，
和别的小孩子
一样。"

一岁七个月的时候,
海伦得了一种连医生都叫不上名来的病。
等她好了,
却再也看不见、听不到、说不出话了。

爸爸妈妈抱紧她的时候,
她闻得出他们的气味,感觉得到他们的抚摸。
但是她看不见,听不到,
也喊不出他们的名字。

"在那个凄凉的二月,
一场疾病关闭了我的眼睛和耳朵。
渐渐地,我习惯了周围的无声和黑暗。"

海伦想弄明白
这个黑暗无声的世界是什么样子。
她用双手辨别物体。
她用心编出手势，
好让家人知道她要什么。
她假装戴上眼镜代表爸爸，
手放在面颊上代表妈妈。

可是她编不出足够的手势，
好让人知道她的所有需求。
很多次她又叫又踢，
最后呜呜地哭起来。
有时候，她连亲爱的人都打。

"要是别人
老不明白我的意思，
我就会爆发。"

海伦快要七岁的时候,
安妮·沙利文来做她的老师。
安妮曾经基本失明。
做了几次手术后,
她重见光明,但视力很弱。

安妮给了海伦一个布娃娃,
然后用手指在海伦的手掌上
拼出了"布娃娃"的字母。
海伦以为安妮要把布娃娃拿回去,
就又踢又叫。
安妮给了海伦蛋糕,
然后在海伦的手掌上拼出"蛋糕"来。
海伦也在安妮的手掌上拼出了这个词。

安妮递给海伦很多东西,
并用手指拼出了这些东西的名字。

**"我对这种手指游戏
很感兴趣,
就使劲儿照着做。"**

海伦模仿着安妮的手指动作,
其实她不知道,
自己在拼词,
也不知道
事物都有名字。

海伦喜欢上了拼字游戏,
但她不喜欢学习餐桌上的规矩。
她动手从安妮盘子里抓吃的。
安妮不许她这样。
海伦就大喊大叫,
把勺子扔到地上。
安妮迫使海伦从椅子上下来,
把勺子捡起来。
海伦又把勺子扔到地上。
她们这样来来回回,
直到海伦最后乖乖用勺子,
从自己的盘子里吃东西。

"在我寂静、
黑暗的世界里,
没有一丝温柔。"

一个月后的一天,
安妮让海伦用手去接打上来的井水,
然后在她的另一只手掌上
拼出"水"这个单词。
海伦感受到了清凉的井水,
她明白安妮正在拼出的
就是单词"水"。
她满脸欢喜,一遍一遍又一遍地
在安妮的手掌上拼着"水"。

**"这个富有生命力的词汇
唤醒了我的灵魂,
给了它光明、希望、快乐,
让它自由。"**

海伦摸到了水泵。
安妮在她手里拼出了"水泵"。
接着,海伦摸到了安妮,
安妮拼出了"老师"。

接下来的几年,
海伦学会了几千个新词,
她刚一醒来就练习手指拼读,
一直练到入睡。

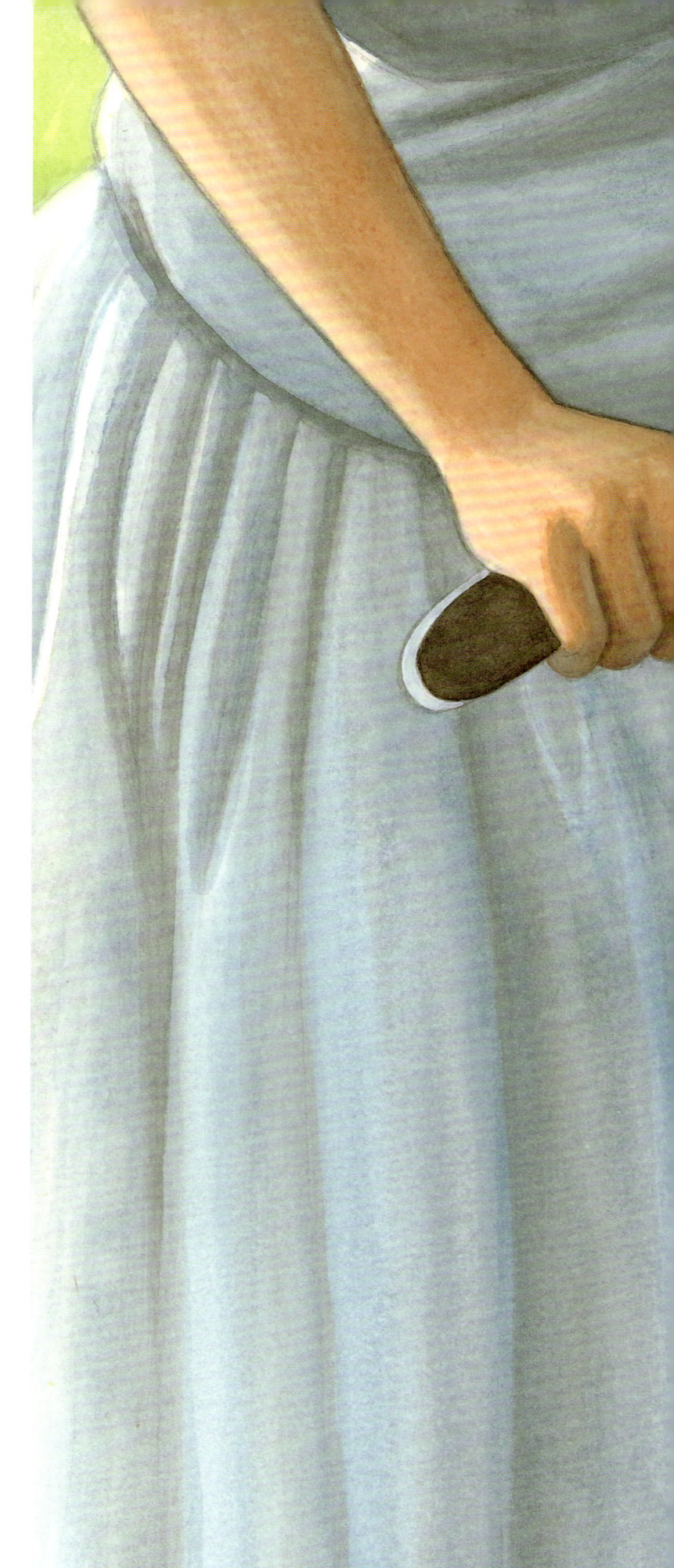

安妮还教海伦用手指去看。
一连几周,
海伦每天都触摸种在花盆里的百合。
她感到了百合的尖尖花蕾渐渐绽放,
开出柔滑的花朵。
海伦闻到了安妮手捧的紫罗兰花香,
感到了阳光洒在脸上的温暖。
每个新词、新想法,安妮都拼了出来。

海伦用手指感受到了
人在大笑时喉咙的颤动,
刚刚破壳而出的小鸡,
马的嘶鸣,
小猪的嗷嗷叫。
每个新词、新想法,安妮都拼了出来。

安妮把纸放在有凹槽的写字板上。
她教海伦用左手引导铅笔,
用右手沿着凹槽写字。
海伦一旦学会了写字,
就一发不可收拾。

"1887年7月12日
海伦会给妈妈写信
爸爸给海伦吃了药
老师给海伦吃了桃……"

"1888年1月9日
苹果没有边边角角。
苹果长在树上。
它们长在果园里。
熟了,它们会
掉到地上。"

"1889年1月29日
'天文学家'是从拉丁词
'星星'变化来的。
我们在床上睡觉的时候,
他们用望远镜观看
美丽的夜空。
星星被称作
地球的兄弟姐妹。"

海伦学得很快,
有人说她是个天才。
也有人说安妮是真正的天才。
海伦的事迹被报道出来。
她八岁时,便远近闻名。

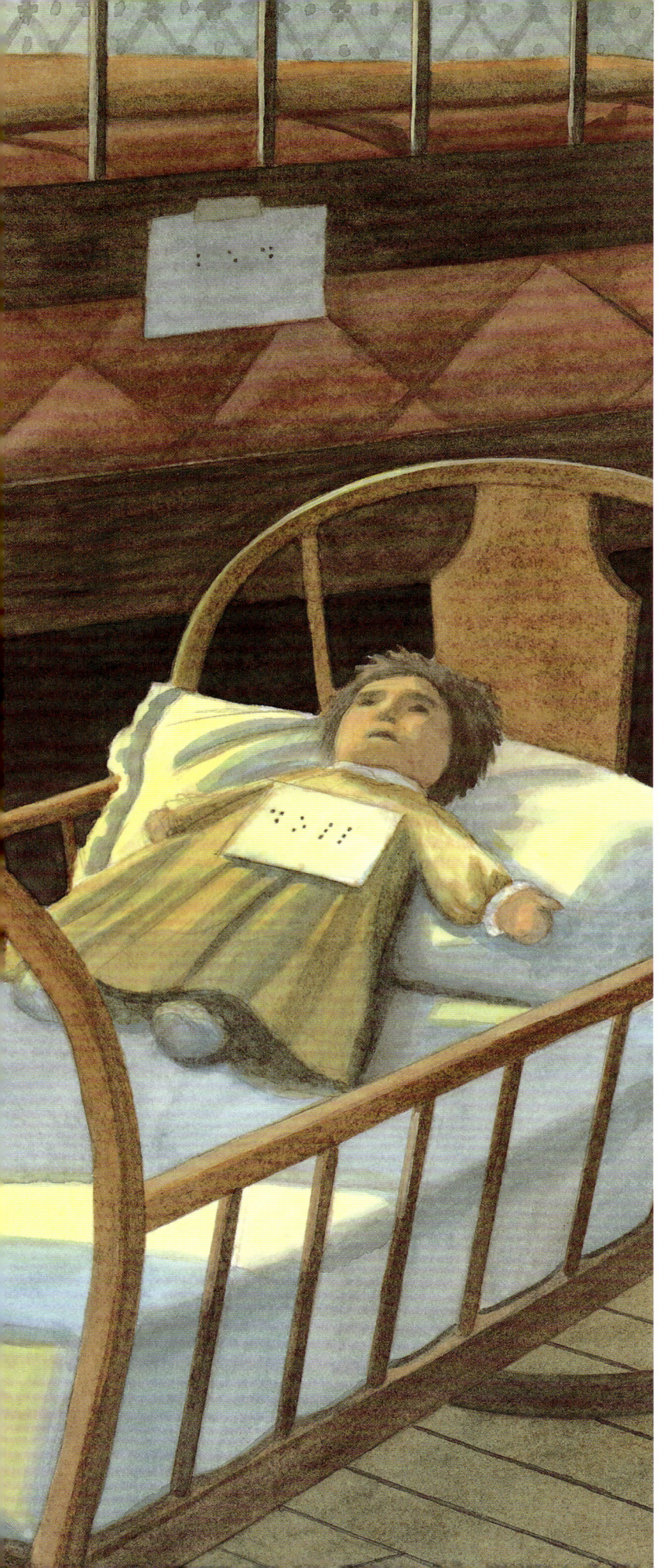

海伦喜欢拿铅笔写字。
她喜欢安妮给她把书拼读出来。
但她想自己读书,
所以安妮教她盲文。
盲文用凸起的点表示字母和单词。

安妮把有凸点的纸片
放在不同的物体上。
海伦用手指读凸点,
然后触摸物体,
安妮就在海伦手上拼出相应的单词。
更多物体,更多凸点,更多单词。
练习,再练习——
直到海伦和视力正常的孩子读得一样快。

"一开始,
我只有几本盲文书。
我读了一遍又一遍,
直到词被磨坏、压平,
我都辨认不出来了。"

安妮带海伦
到森林里散步，
在咸咸的海水里蹦跳，
乘雪橇滑下雪丘，
骑双人自行车，
坐船出海。
安妮为海伦把每一次新经历都拼了出来。

"起风了，
波涛汹涌。
我们的小船在巨浪里打转，
眼看就要沉入
怒吼和嘶鸣的浪涛中。
我们的心跳得厉害。"

很少有人会用手语,
那海伦就学习读唇语。
她把中指放在说话人的鼻子上,
食指放在嘴唇上,
大拇指放在喉咙上,
感受他们说话时嘴唇的动作。
同时,
安妮拼出他们说的话。
练习,再练习——
直到海伦学会了读唇语。

海伦触摸说话人的脸,
感受他们嘴唇和舌头的振动。
然后她触摸自己的嘴唇和舌头,
模仿她感受到的动作。
练习、再练习——
直到她学会了开口说话。

"我的志向就是
能像别人一样说话。
我们刻苦努力,一心一意,
但离目标还有差距。"

海伦决定上大学,
大多数人说
她一定跟不上。
但她决心已定。

在课堂上,安妮坐在海伦旁边,
拼出老师们讲的话。
海伦要读的大多数书籍
没有盲文。
在每天5个多小时里,
安妮先读书,
然后给海伦拼出来。
安妮的眼睛都累坏了。

海伦以优异的成绩毕业。

"老师给我读了
很多书。
尽管眼科医生
不断发出警告,
她总是
为了我而用眼过度。"

上大学期间,
海伦写了自传。
她讲述了安妮教她的经历。
这本书大获成功。
人们都惊叹海伦的学识,
惊叹安妮老师的伟大。

但有人质疑
海伦怎么会描述
自己看不见听不到的东西。
他们不明白
海伦可以嗅到丁香花和玫瑰花的香气,
感受到洒在脸上的金色阳光
和脚下松软而有弹性的土地。

"我的优势在于
有经过训练而善于思考的头脑,
这才是我与大多数人的
不同之处,
而非视力的有无。"

海伦读了各种各样的书，
结识了各种各样的人，
思考着各种各样的事，
向世人讲出
她认为重要的事。

她谴责战争，
谴责使用童工。
她支持工会，
支持妇女投票权，
支持美国黑人获得公正待遇。

一些人不喜欢她的想法。
海伦相信语言带来自由，
没有人能够让她沉默。

"我不喜欢
这个世界现在的样子；
所以我努力
使它变得更好一点。"

海伦出演了一部关于她的电影。
她不太喜欢演电影。
但她很喜欢站在台上。
观众问她很多问题。
安妮在海伦的手掌上拼出这些问题,
然后海伦回答。

有时她很风趣。
"凯勒小姐有没有想过结婚?"
"想过啊!
你这是在向我求婚吗?"
有时她很严肃。
"你认为女人应该参与政治吗?"
"是的,如果她们愿意,
那就参与。"

对于海伦登台演出,
有人感到难过。
但是海伦需要钱,
自食其力让她感到快乐。

介绍世界
第八大奇迹

海伦·凯勒

海伦到世界各地,
讲述盲人的需要,
她到人们的家中讲,也到大礼堂里讲。
她与立法者、教师和总统会面。
她倡议眼科医生给新生儿做检查。
她倡议应该有更多盲文书籍,
残疾人应该得到更好的教育
并从事更有意义的工作。

"盲人最大的障碍不是失明,
而是别人看待他们的态度。"

四十九年来,
安妮一直陪伴在海伦左右,
不管她走到哪里,
安妮帮她做
她力所不及的事情。

安妮的健康每况愈下。
她在海伦56岁的时候去世了。

"我总是在想,
如果她没有
来到我的生命中,
我的人生会是怎样。"

波莉·汤姆森来协助海伦,
但是有些人担心
没了安妮,海伦怎么生活。

海伦用安妮教给她的
力量和知识来直面世界。

她不断地旅行,做演讲,
一直在讲述着
她认为有意义的事情,
直到87岁逝世。

"我爱我的国家。
但我对美国的爱
并不盲目。也许,
我更清楚她的缺点,
因为我爱她至深。"

作者的话

研究海伦·凯勒的生平并创作这部传记让我回到了过去。第一次读她的事迹时,我还在上小学。我记得,当时我去剧院看了《创造奇迹的人》,讲的是安妮·沙利文刚开始教导海伦的故事。无论是在剧中还是在海伦·凯勒的各种传记里,最触动人心的就是水井旁的那一幕:海伦将手上流淌的井水和安妮在她手上拼出的词联系了起来。那一幕让我们想起自己学习的过程,和学习的巨大力量:我们对事物了解得越多,我们的世界就越广阔。安妮·沙利文带海伦·凯勒走出了那个狭小而又黑暗无声的世界;海伦的世界越变越大,直到变成了真正的大世界。

海伦天生好奇,她如饥似渴地阅读书籍、吸取观点,思考她读到的一切。她对很多事情形成了自己的看法,认为需要改变,世界才会变得更好,她对重要的事情总是敢说敢言。她反对使用童工,呼吁给予妇女投票权,这些想法在当时并不受欢迎。所以,有人经常批评她的观点,但是她依然故我。我到学校访问的时候,看见孩子们依然在读海伦·凯勒的故事,依然在谈论着她。她的故事一直在激励着我们所有人。她让我们坚信,只要用心,一切皆有可能。

——多琳·拉帕波特

绘者的话

刚开始动手给海伦·凯勒这本传记画插图时,想要从视觉上表现一个聋盲人的故事,我感到束手无策。这仿佛是件不可能的事。但随着我对海伦·凯勒了解得越来越多,我意识到可能我理解她的方式有问题。我一直囿于她聋盲的事实,但她的故事远不仅此。

海伦·凯勒从未见过大海,也从未听过海涛的撞击声。但她能感受得到跳到水里的兴奋。她可以坐在船上,感受海浪起伏时胃里的翻腾。她可以品尝咸咸的浪花,感受海水喷到脸上的清凉。在画插图时我牢记这一点,努力使我的画面关注所有她能做的事情,而不是她做不到的那两件事。

故事讲述了她如何克服自己失聪和失明的障碍,非常鼓舞人心。但我想,海伦·凯勒留给我们的真正财富,在于她如何充分利用她所拥有的,如何用好自己最大的天赋,也就是她的头脑,努力去理解这个世界,让它变得更加美好。

——马特·塔瓦雷斯

生平大事记

1880年6月27日： 海伦·亚当斯·凯勒出生在阿拉巴马州塔斯坎比亚市。
1882年2月： 海伦患病，失聪、失明。
1887年3月： 安妮·沙利文成为海伦的老师。
1888年2月： 海伦学会读盲文。
1890年春： 海伦开始学说话。
1894年10月–1896年： 海伦和安妮搬到纽约市，海伦到赖特-赫马森聋人学校上学。
1896年8月29日： 海伦的父亲亚瑟·H·凯勒逝世。
1896年10月： 海伦准备进入剑桥女子学校学习。
1900–1904年： 海伦进入拉德克里夫学院学习。
1903年： 海伦的自传《我的人生》出版。
1909年： 海伦开始就自身以外的事情公开发表看法，例如妇女权利、社会主义、工会、人口控制、公民自由及美国黑人的公平权利。
1914年： 波莉·汤姆森来为海伦和安妮工作。
1919年： 海伦主演有关她的默片《拯救》。
1919–1923年： 海伦和安妮在轻歌舞剧中演出。
1921年6月： 海伦的母亲凯特·亚当斯·凯勒逝世。
1924年： 海伦成为美国盲人基金会募捐者和发言人。
1924–1954年： 海伦周游世界，足迹遍及三十五个国家。
1936年10月20日： 安妮·沙利文·梅西逝世，波莉·汤姆森代替安妮照顾她。
1953年： 有关海伦的纪录片《不可征服》上映。
1957年： 有关海伦的剧作《奇迹缔造者》在百老汇上演。
1961年： 海伦中风，退出公众生活。
1964年： 海伦荣获总统自由勋章。
1968年6月1日： 海伦·凯勒在睡梦中逝世。

部分参考文献

奈拉·布莱迪·亨利 《安妮·沙利文·梅西：海伦·凯勒背后的故事》 纽约州花园城：道布尔迪多兰出版社 1933

洛伊斯·J·埃因霍恩、海伦·凯勒 《公众演讲家：为人所见的失明者 为人所听的聋人》 康涅狄格州韦斯特波特：格林伍德出版社 1998

桃乐西·赫尔曼 《海伦·凯勒：人》 纽约：阿尔弗雷德·A·克诺夫出版社 1998

海伦·凯勒 《海伦·凯勒 她的社会主义年代：作品和演讲》 纽约：国际出版社 1967

海伦·凯勒 《我黑暗世界的光明》 宾夕法尼亚州西切斯特：斯韦登伯格基金会出版社 2000

海伦·凯勒 《中流：我的后半生》 纽约州花园城：道布尔迪多兰出版社 1929

海伦·凯勒 《冲出黑暗：视力和社会见闻之散文、演讲与演说》 纽约州花园城：道布雷迪佩奇公司 1920

海伦·凯勒 《石墙之歌》 纽约：世纪公司 1910

海伦·凯勒 《我生活的故事》 补充了安妮·沙利文和约翰·阿尔伯特·梅西的叙述 新编罗杰·沙特克和桃乐西·赫尔曼撰写的前言和后记 纽约：诺顿公司 2003

海伦·凯勒 《我的老师：安妮·沙利文·梅西》 纽约州花园城：道布雷迪出版社 1955

约瑟夫·P·拉希 《海伦和她的老师：海伦·凯勒和安妮·沙利文·梅西的故事》 纽约：德拉克特出版社 1980

吉米·E·尼尔森 《海伦·凯勒的激进生活》 纽约：纽约大学出版社 2004

如果你想更多地了解海伦·凯勒，可以阅读：

莱萨·克莱恩-兰塞姆 《海伦·凯勒：她心中的世界》 纽约：哈伯柯林斯出版社 2008

琼·达什 《她指尖上的世界：海伦·凯勒的故事》 纽约：学术出版社 2002

穆里尔·杜布瓦 《海伦·凯勒：配有照片的传记》 明尼苏达州北曼卡多：凯普斯出版社 2005

雷切尔·A·凯斯特勒-格拉克 《海伦·凯勒的故事》 纽约：文件事实出版社 2009

帕特里夏·拉金 《海伦·凯勒和大风暴》 纽约：阿拉丁出版社 2001

劳里·劳勒 《海伦·凯勒：不羁的灵魂》 纽约：假日出版社 2001

伊丽莎白·麦克劳德 《海伦·凯勒：坚定的人生》 纽约州托纳瓦达：儿童能行出版社 2004

乔治·E·沙利文 《海伦·凯勒》 纽约：学术出版社 2001

网站：

美国盲人基金会（www.afb.org）上的盲文链接提供了相关的丰富资源。

献给四位出色的老师，杰克、琳迪、塔拉和温蒂。
——多琳·拉帕波特

献给艾娃和莫莉。
——马特·塔瓦雷斯

致谢：感谢马萨诸塞州东隆美多市枫荫小学、纽约州波基普西市橡树园小学的学生们，他们给这本书提出了很有见地的真诚评价。

感谢美国盲人基金会的档案保管员海伦·塞尔斯登，感谢她分享宝贵的想法和专业意见。

在很多地方，书中对海伦·凯勒的引用采取了压缩处理而未改变其原意，同时简化了标点符号。6-19和22-27页的引用摘自《我生活的故事》；20-21和30-33的引用摘自《海伦·凯勒的激进生活》；环衬、28-29页、38-41页的引用摘自《中流》；34-35页的引用摘自《海伦·凯勒：一种人生》；36-37页的引用摘自美国盲人基金会的网页。

封面上的盲文为：海伦的大世界

图书在版编目（CIP）数据

海伦的大世界：海伦·凯勒的一生 ／（美）拉帕波特文；（美）塔瓦雷斯图；徐德荣翻译. -- 北京：北京联合出版公司，2015.7（2024.5重印）
ISBN 978-7-5502-4116-9

Ⅰ.①海… Ⅱ.①拉… ②塔… ③徐… Ⅲ.①儿童文学-图画故事-美国-现代 Ⅳ.①I712.85

中国版本图书馆CIP数据核字(2015)第143996号

北京市版权局著作权合同登记　图字：01-2015-3561

Helen's Big World: The Life of Helen Keller
Copyright © 2012 TEXT BY DOREEN RAPPAPORT, ILLUSTRATIONS BY MATT TAVARES
Originally published in the United States and Canada by Disney•Hyperion Books as HELEN'S BIG WORLD. This translated edition published by arrangement with Disney•Hyperion Books
This edition arranged with Disney•Hyperion Books and INTERCONTINENTAL LITERARY AGENCY LTD (ILA) through Big Apple Agency, Inc., Labuan, Malaysia.
Simplified Chinese edition copyright : 2015 Beijing Cheerful Century Co., Ltd., a division of Taiwan Mac Educational Co., Ltd.
All Rights Reserved.

海伦的大世界：海伦·凯勒的一生
（启发精选世界优秀畅销绘本）

文：〔美〕多琳·拉帕波特　图：〔美〕马特·塔瓦雷斯　翻译：徐德荣
选题策划：北京启发世纪图书有限责任公司
责任编辑：唐乃馨　徐秀琴
特约编辑：苗　卉
特约美编：谭　潇
封面设计：Michelle Gengaro-Kokmen

北京联合出版公司出版
(北京市西城区德外大街83号楼9层　100088)
北京盛通印刷股份有限公司印刷　新华书店经销
字数6.5千字　889毫米×1194毫米　1/12　印张4
2015年7月第1版　2024年5月第16次印刷
ISBN 978-7-5502-4116-9
定价：48.00元

版权所有，侵权必究。未经书面许可，不得以任何方式转载、复制、翻印本书部分或全部内容。
本书若有印装质量问题，请与印刷厂联系调换。电话：010-52249888转8816

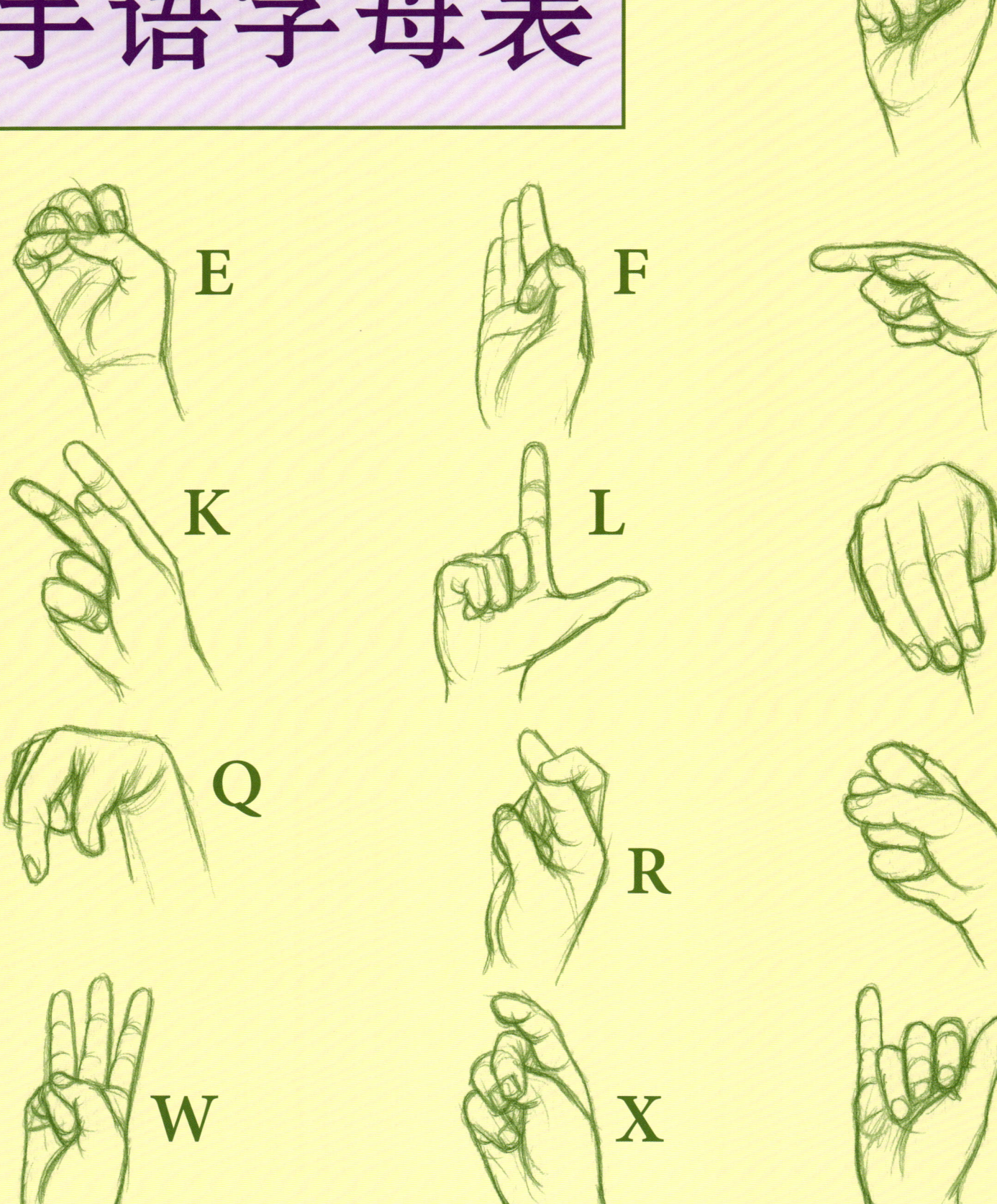